노을빛으로 기우는
그림자

노을빛으로 기우는
그림자

남춘길 시집

그린아이

나의 뜰을 가꾸며

시를 쓰는 일은 나의 뜰을 정성껏 가꾸는 유순한 몸짓이다.

연초록 떡잎에서 자라난 잎들이 어느새 꽃잎을 열고 약한 뿌리에서 고개를 내민 작은 가지들이 한 뼘씩 크면서 성장하는 나무들로 채워지는 소박한 뜰을.

꿈을 갖는 것조차 사치라는 생각에 빠른 체념을 불러오던 젊은 날에도.

나이 들면서 마음 안에서 조용히 타는 촛불같이 빛이 되는 삶을 살아내고 싶었던 소박한 바람이 시의 나무들을 가꾸는 힘이 되어준 것 같다.

첫 시집 『그리움 너머에는』을 낸 후 2년이 지났다.

그동안 써놓은 시가 시집을 한 권 엮을 만큼 모여 출판을 계획하면서 미숙함 때문에 부끄러움이 앞섰다. 코로나로 모임이 자유롭지 못한 시간에도 꾸준하게 따뜻한 격려로 지도해 주신 스승 김지원 목사님께 감사의 말씀을 전해 올린다.

섬세한 배려로 끊임없이 힘이 되어준 남편과 예리, 다영에게 사랑과 감사를, 고교생의 학업스트레스로 할머니와의 대화도 자유롭지 못해진 하린에게 격려와 응원을 보낸다.

2022. 9.

우학 **남 춘 길**

차 례

‣제2부 **성숙**

차 례

제1부

빛의 언어들

빛의 언어들

숨겨진 빛의 언어들이
가만히 손을 내밀면

따스한 마음을 닮은
고운 말들이
뒤척이는 갈등을 씻어내고
깊고 정겨운 영혼을 불러들인다

검은빛을 띠던
헐벗은 말들이
미움을 밀어내고

떠오르는 햇살처럼
퍼져오는
빛의 말들이

할퀴고 지나간 아픈 마음을
부드럽게
쓰다듬어
진주가 될까.

서리꽃

눈부신 시간에
짧은 생에 불을 켠
이슬 꾸러미

한 줄기 햇살로 스러지기 전
수정 같은 영롱함으로
길을 떠난다

나그네길을 접고
하늘에 안길 때
올라갈
천국의 계단은
크리스탈 궁전일까.

기다림

푸른 달빛에
익사해 버린
한 송이 꽃잎처럼

남겨진
남루를 헹구어 낸다

들릴 듯 들리지 않던
새벽빛 소리가
듣고 싶었던
마르지 않는 샘물 소리가
들릴 것 같아

구름에 가려진 태양을
찾아낼 수 있을 때
맑고 깊은 소리로
외쳐보고 싶다

아즈위(AZWie)*라고!

*AZWie : 희망이라는 뜻. 넬슨 만델라가 구속 중 딸의 아기를 위해서 지어준 이름.

그리움 곁으로

지난날들의 추억은
아픔까지도
살가운 그림이 된다

아득히 먼 달빛 속에
숨겨져 있는
그리움처럼.

반딧불이

어둠이 내린 숲속에
별처럼 뜬 요정
사랑을 불태우는 빛들의 언어
그 빛을 쫓아
내딛은 발걸음에
조용히 숨결이 번지고

깊은 바다에 가라앉은 고요처럼
기억의 빈자리를
채우던 무거움도

서산으로 해 기우는
저녁나절
쓸쓸함 가득하던
마음 자락도

자분자분 쓰다듬는
따스한 불빛
주저앉은 희망을

뛰어넘은
설레임을 이끌고 온다

뒤엉킨 마음 자락에
발아된 감사의 싹은
살아 있음을 향한 노래일까!

배롱나무

백일 밤낮을
수줍은 열정으로
견디어낸
진분홍 꽃잎들이
한여름을 가르고

꽃술 속으로
꿀벌 되어
날아들었다

꽃잎마다
심장에 이슬이 맺혀
소리 없이 스러지는데

배롱나무 가지 위에
머무는 바람은
닿을 수 없는 그리움의
숨결인가.

내일을 향한

조용한 울음이
구름 속에 맴돌면
사나운 먹구름이 다가오는 예감에
숲속의 나무들은
숨죽이며
혼란의 내일을 향해
마음을 졸인다

뿌리 짧은 소나무들의
어깨를 맞댄 단단한 약속
뿌리를 하늘에 심고
땅을 향해 날아보자고

견딜 수 있는 힘이
머물다 간 바람 속에
꼭 있을 것만 같아

무지갯빛 환희가
영혼으로 울려퍼지는 소리.

눈빛만으로

내게 와 머물던
외로움이
진하게 익어서

회오리바람처럼 휘감겨 올 때
마음 안
한 구석을 비쳐주던
희미한 빛마저
스러져 갈 때

빛바랜 한 줌의 햇살조차
너무 고마워
눈물이 난다

따뜻한 말 한마디
건네주지 않아도
눈빛만으로

시린 가슴에
온기가 스민다.

다시금

연두색 잎마다
적힌 추억을
가만가만
읽어 내려가는
소중한 시간

달콤하고도 쓸쓸했던
깊은 우물 안
물기 어렸던 슬픔

도무지 알 수 없는
설레임 가득했던
그 눈부신 시간을
스쳐 지나가볼 수 있을까

다시금
그 빛나는 옷을
입어볼 수 있을까.

시간 은행

버려진 시간들을
주워서
차곡차곡 모아
아껴둔
내 시간을 보태
저금을 한다

잔고가 늘어날 때마다
흐뭇한 마음

게으름뱅이에겐
빌려주지 않지만
부지런한 사람에게만
이자 없이 빌려주는
곳간

필요할 때
언제나
꺼내 쓸 수 있는
시간 은행.

시들지 않는 꽃

영원히 시들지 않는 꽃이
있기는 할까

꺼지지 않는 불빛처럼
살아 숨쉬는 꽃들의 노래가
묻혀 있는 곳

달빛처럼 은은하게
마음속에 피어나는 한 송이 꽃은

수만 송이 장미보다
더 눈부신

시들지 않는 꽃은

마음속에 피어 있을
시들지 않을
사랑의 꽃이리라.

오월

눈부신 햇살은
머리 위에서 춤추고

바람 속으로 걸어가
비단신을 신은 듯
가볍게 날아 이슬이 된다

초록 잎에 앉은
윤기 흐르는 입술로
살아 있는 기쁨을
힘차게 노래하고

반짝반짝 빛나는
찬란한 숨결로
연두색 잎들이
초록으로 익어가는
길 위에 서서

나이도 잊은 채
한 마리 새가 되어.

위로

푸른 나무 그늘 아래서
땀을 식히고
고단함을 쉬어 가듯이

부드러운 음성으로
토닥여 주는
따뜻한 말 한마디가
생채기 난 마음을 어루만져준다

겹겹이 포개어진
나뭇잎들도
다정한 눈빛도
이렇게 힘이 되는데

주저앉은 절망도
허리를 펴고
깊고 넓은 사랑의 깃은
나를 일으켜 세워주리라

그분의 날개 아래서면.

재활용

버려진 한 줌 햇살에도
위로를 받는데
버려졌다고
서러워하지 마라

구겨진 휴지 조각도
부서진 상자도
낡은 플라스틱 그릇도
마음껏
쓰임 받고
거듭나는 길을 향해
발걸음을 옮기는데

불타서
연기로 타오를 때
하얀 영혼은
세상을 뒤덮은
혼탁을 데리고
유유히 떠나가리라.

초승달

기울어버린 초승달은
내가 베어 먹은
둥근달 조각이다

눈썹 같은 초승달이
비쳐오는
파리한 달빛은
내 안에 잠자고 있는
잘려진 달 조각을 기다리고 있을까

기다림이 끝나는 날
보름달이 떠오르면
그 환한 미소가
환희의 불꽃이 되어
타오를 수 있을까.

향기

눈부시게
아름답게
피어난 꽃에만
향기가 있는 건 아니다

비 그친 다음 날 새벽
풀숲에 고개 내민
여린 버섯들
기와버섯, 항아리버섯에
배어 있던
구수하고도 은은하던 향기

해 돋는 아침
풀잎에 맺혀 있는
이슬방울에
서려 있는
찬란한 무지개

주님의 사랑 닮은

열두 폭 치마처럼
넓은

눈 오는 날
따끈따끈한 아랫목 같은
아늑함으로
쓸쓸한 마음을 어루만져준
위로의 손길에서
묻어나는 향기.

꽃눈 뜨는 소리

깊고 쓸쓸한
겨울날
기다림을 가르쳐준
겨울나무

차가운 날들에
묻어 있는
아픈 비늘을
긁어내리며
시린 나무에 쌓였던
절망을 걷어낸다

희미하게 잠을 깨는
새 계절의 입김
몰래 다녀간 듯한 바람으로
부드러워진 흙냄새

수만 개의 눈을 가진
꽃나무들이

다투어 눈을 뜨면

햇살 가득
까칠한 봄볕에도
꽃잎을 연다.

희망 노래

흩어져 뒹구는 갈색 잎들이
서럽지 않은 것은
노란 은행잎이 보내준
금빛 바람 때문이다

절망을 지울 수 있는
노란 깃 사이로
두어 줄 빛으로 뜬
마음 안 노래

꺾이고 말 것 같은
헐벗은 가지 사이에서
숨죽이며 잠들었던
푸른 싹들이

잔잔한 물결처럼
일렁이며
깨어나는 소리가
들려올 것만 같아!

멀리 갈수록

떠나버린 너는
멀리 갈수록
내 마음 깊이 들어와
가까이 곁에 머물고

흔들리는 물결처럼
비틀대는 발걸음을
시간 속에 묻으면

등허리에 허기마저
아늑해진다

바람이 실어다 준
슬픔이
부드러운 숨결로
온기를 전해준 시간

따뜻한 그리움으로
나를 채우고 싶다.

꿈길

바람을 마름질해
씨줄 날줄
어여쁘게 엮어낸
바람신을 신고

사뿐사뿐
구름 사이로 날아
초록나무 숲길에
이끌리듯
한 마리 나비 되어
내려앉았다

진하게 피어오른
행운목 꽃향기가
숲길 너머 언덕까지
가득가득 차오르던
꿈길!

제2부

성 숙

성숙

성숙의 그릇은
채움이 아니고
비움이다

섬김의 옷을 입고
낮아질 줄 아는
한 줌
맑은 물이다

어둡고 허기진 응달로
찾아든
한 줄기 햇살이다.

꿈이 익는 시간

거친 살갗
바람이 불 때마다
쓰라림으로 트이는데

마음을 올곧게 키워
마음 안에
소망의 씨앗을 뿌리면

고단한 시간들이
감사로 채워지리라

걱정 근심 두려움
지워버린
마음밭에
묻혀 있는
감사의 보석을 캐낸다

꿈이 익는 시간에.

비움

텅빈 곳의 충만함이
마음문을 두드리면

투명한 바램이
가득히 차오르는
여유

가을날
추수 끝난 들녘에
조용히 누운
볏단

검게 그을린 농부의 얼굴에 어린
겸허한 풍요
거친 살갗에
깊이 새겨진 주름살

비운 곳에
별빛처럼 돋아난

파종된 씨앗

마음밭이랑마다
발아된
꿈을 줍는다.

다른 듯 닮은 하루

창문 밖에 걸린
흐릿한 햇살

모두에게 잊혀져 가는
시간 속에서
꽃그늘에 흔들리던
아릿한
추억을 삼킨다

벽처럼 높이 가로막힌
세상과의 단절이
쓸쓸함을 낳고

이제 남아 있는 시간을
헤아려 보는
다른 듯 닮은 하루하루

목숨 줄에 매달린
끝을 향한 날들.

그 봄날(마음속 풍경)

연둣빛 레이스 옷을 벗고 갈아입은 진초록의 풍성한
치맛자락처럼 펄럭이는 마음밭에 심겨진 옛 생각 한
자락
멀리서도 전해지는 꽃 소식이 세월을 가르고 달려가
다다른 스무너댓 살 무렵 젊음의 한가운데 서서 바라
보던 회색빛 시간엔 샛노란 개나리 덤불을 바라보는
것만으로도 힘에 겨워 어지럼증이 일었었다
앞으로 달려갈 수도 그 자리에 주저앉을 수도 없었던
남루했던 날들의 흔적
그 무렵엔 날아오르는 나비의 날개에서도 절망을 읽
었었다
찢겨지고 젖은 듯한 나비의 날개는 푸른 바다를 청보
리밭인 줄 알고 날아들었던가

은빛 나비들이 날아드는 날
마음속 시간들을 물갈이하며 주어진 시간의 마지막
날까지 일구어 나가야 할 나의 정원에 감사를 버무린
꽃씨를 정성껏 뿌리리라.

길 위에 서서

아득하게 멀리만 보이던
길 위의 끝자락
모퉁이를 돌며
깨달아진다

짙은 숲길을 지나
오솔길로 접어들고
가파른 고갯길을 넘어
신작로도 만나면서
두껍게 쌓여진 세월의 무게를

힘겨웠던 날들
기쁨도 슬픔도
만만치 않던 시간이었다

내 안에 잠자고 있던
결핍은
꺾인 날개를 향한
분노였을까

그냥

비우고 내려놓으며

잠잠히

고요를 마시면

어떤 길도

무심히 흐르는 구름인 것을!

두 마음

냉기 가득 찬
시린 마음은
너무 어둡고
꼭 닫혀 있어
꿈쩍 않는 바위처럼

폭풍 같은 장군의 힘으로도
억만장자의 힘으로도
열리지 않아

오직
온기로 채워진
정겨운 눈빛

사랑 담긴
따스한 바람만이
굳게 닫힌
마음의 빗장을 풀어

눈 속을 뚫고
솟아오른
복수초처럼
잠자던
새봄의 홍매화처럼
마음문을 열리라.

살아가는 길

새하얀 도화지 위에
풀꽃 향기 가득한
물감을 풀고

피어나는 꽃잎처럼
황홀한 미소를
그려낸다

곱게 물들어가는
낙엽에 붓칠하면

이윽고
노을빛으로 기우는
황혼의 그림자 속에
살아가는 날들을
차곡차곡 쟁여 넣는

당신과 나의 시간 속에
흐르듯

나이테가 두께를 더해간다

쌓여진 시간들을
이별연습으로
채워 나가면
영원을
향해 가는 발걸음이 되리라.

삶

첫서리 내리던 날
아침
창밖에 찾아온 바람이
우 우 소리 내며
온종일 떠나지 않는다

거친 숲을 헤치고
들꽃을 짓밟고
무거운 발걸음 머리에 이고
달려오느라
이젠 좀 쉬고 싶다고

창백한 울음 끝에
서러움이 실려
차마 내치지 못하고
손을 내민다

정수리에 얹힌 무게
명치끝에 매달린

답답한 뭉치 하나
발부리에 매달고

저마다의 무게로
지친 하루를 닫는 시간
많이 힘드니
나도 그렇다.

성찰의 시간

마음의 소리에
귀기울여 보면
덜 익은 과일처럼
떫은 풋내가 난다

젊은 날엔
철들기 전이라서
나이든 후에도
여전한 제자리걸음

벗어날 수 없는
원죄의 속살일까
부대끼며 사느라고
지쳐버렸을까

용서와 배려는
숨어버리고
죄의 얼굴만
커져버린

들여다볼수록
부끄러운 모습.

뒤돌아본 시간

따스하게 다가온
겉옷자락은
잠깐 고운 색이더니
퇴색해 버렸다

빈 가지를 흔들며
스며든 바람은
춥고 매웠다

가끔은
달콤하기도
싱거워 밋밋하기도

살아내야 하는 그림이었을까.

아직도

두껍게 껴입은 옷을
비집고
가슴에 쟁여놓은
별무리들이
빛처럼 쏟아져 내리던 날

겹겹이 쌓인 시간 속에서도
시들지 않고
조용히 잠자고 있던

그 모습 그대로
깊게 물들어 있던
눈물
미소

아직도 꺼내 볼
그리움으로 남아 있을까.

시간의 가치

누구에게나
똑같이 허락받은
시간인데
누구에게는 길고
누구에게는 짧은
알 수 없는 방정식

부지런한 영혼은
시간이란 황금 구슬을
비단실에 꿰듯이
소중하게 다루고

어리석은 손길은
게으름 때문에
짧아진 구슬 길이를
시간이 없다고, 너무 바쁘다고
핑계대는 사이

시간의 빈 그릇 속에

긍정의 씨앗을 심고
부지런히 달리는
성실한 발걸음을

멀리 뒤처진 자리에서
뒤늦은 후회로
마음 자락에
회초리를 대는
어리석음.

지나가리라

몸도 마음도
엿가락처럼 녹여내던
한낮의 뜨거운
햇살이
슬그머니 잦아들면서

휜칠한 배추 줄거리처럼
갓 씻긴
청량한 바람결이
어깨 너머로 스며들고

등줄기를 타고 흘러내리던
두꺼운 땀방울들이
조용히 쪽잠을 청하는

뜨거움이 한풀 꺾인
새벽 그리고 노을녘

견디면

이렇게 지나가는 것을

힘겨웠던 날들도
밀려왔던 아픔도
다 지나가리라
마음을 두드리며
일깨워준

인내의 발돋움이
머물다 간 시간들.

책 읽는 시간

책장을 넘길 때마다
담겨오는 향기

짧은 문장에서도
긴 문장에서도
마음 안에 안겨오는
오롯한 숨결

책 속 언어들이
실어다 준
위로 속엔
시들어가던 환희도
기다림의 시간도
깨어나
자라게 해

손가락에
끼워 넣을
금빛 장신구는 없어도

책장 안에 줄을 선
빛나는 부요
보석처럼
마음 안으로 들어와
소망의 햇순으로
따습게 돋는다.

부끄러움

한 줄기 바람처럼
떠도는 구름처럼

무심히 쌓여진 시간 속에서
먼지 같은 알갱이로
살아남았다는 걸
알게 해준 햇살

선명하게 드러난
감출 수 없는
부끄러운
작은 입자

깃털같이
가볍게
안개처럼 사라질
허무의 몸짓.

시간의 주름이

겹겹이 접혀진 시간의 주름이
초라한 한 그루 나무 같던
조그만 너를
단단하게 키워주었다

이슬을 맞으며
겨우 살아남은
낮은 풀 한 포기 같던
너를
품고 다듬어 자라게 하였다

사나운 바람도
세찬 빗줄기도 견디고
따스한 햇살에 젖어

그림자마저 키를 늘려
깊어진 시간의 주름이
너를 익혀
발효시키고 있다.

마음 한 자락

비바람을 맞아도
상처를 입었어도
벗어나는 날이 있으리라

너무 힘들었어도
용서가 안 되어도
희미하게 바래진 아픔으로
딱지 앉은 흔적으로
나를 안아주면
끝나버릴 것을

나를 담는 그릇이
너무 작아서

바람이 빗어 내린
겨울 햇살이
조용하게
분노를 삭여주는 시간

하얗게 비어 있는
종이 위에
그리고 싶은 그림은?

화(분노)

오늘도
내 아기는
잠투정이 심하다

꼭 껴안고
등을
부드럽게 쓸어주어도

차오른 심통이
풀리질 않는다

마음속 뭉친 화
그 미움의 물결

달래고
안아서 다듬고

품어야 할
마음속 아기인 것을!

제3부

계절의 흐름

가을 들녘

들꽃 향기 고여 있는
가을 들녘
기다림이 머물다 간 자리에
온기가 남아
못다 핀
가을꽃을 피우고 있다

나뭇잎이 꽃이 되는
두 번째 봄날

불타는 단풍잎 사이로
기우는 해는
깊은 노을을 만들고 있다

이제 채워 나갈 시간은
많지 않지만
이 길도
처음 가는 길이라서
설레임을 담아본다.

가을이 머물던 자리

가을이 데리고 떠난
봄과 여름
그가 머물던 자리엔
붉은 잎
갈색 바람이
겨울을 마중하고 있다

겨울을 베고 누워 있는
노을 속에
청정한 솔가지가
차디찬 입술로 입맞춤하고

늦가을
짧은 해 사이로
잎 떨군 감나무에
주홍빛 까치밥이
다정한 얼굴을 부비고 있다.

갈색 이불

설늙은이 얼어 죽는다는
동짓달 첫 추위에

서리 내린 땅
차가운 흙도
맨몸으로
웅크리고 새우잠을 청한다

하늘에서 내려준
갈색 이불이
얼마나 부드럽고
따스했던지

꿈꾸는 시간조차
너무
달콤해.

꽃도 힘들어

설익은 햇살로
지친 꽃잎은
비명도 지르지 못한 채
숨죽이고 있는데

구름은 유유히
산책길에 나서고

잔인한 바람은
꽃가지를 때린다

뿌리 내린 바램이
씨앗 되어

다시금
피어날 수 있을까.

단풍

붉게 물든 단풍잎에
담긴 고단함은

반짝이는 별빛도
은은한 달빛도
받아 안은
결 고운 마음이다

푸른 그늘 사이로
닥쳐오던 비바람도
뙤약볕도 태풍도
이겨낸 땀의 흔적은

가을이 업어 온
고운 옷들이
품고 있는
영혼의 가르침인가

선명하게 비쳐오는
목숨줄의 서러움인가.

눈꽃 피는 아침에

나무마다 눈꽃 핀
이른 아침
발밑에 눈송이도
노래로 화답하고

별빛처럼 흐르는
눈발 사이로
겨울이 익어간다

지쳐 있는 마음 깃을
오랫동안
쓰다듬어준
겨울 햇살이
품고 있을
연둣빛 바람은
어디쯤 오고 있을까.

옛날을 불러본다

저녁나절
수줍은 몸짓으로 피어난
분꽃 줄기
늙듯이 붉은 입술을 연
맨드라미

색색으로 웃음 띤
채송화 화분 옆엔
봉숭아 꽃잎이
옛날을 불러온다

주홍빛 꽈리가
탐스럽게 익어가던
울타리 곁에서

꿀맛으로 익어가던
새까만 까마중은
어느 곳에 잠들어 있으려나.

외로운 날에

외로움에 기대어 선
쓸쓸한 하루가
희미하게 기우는데

그리움을 마시다가
여위어 간
메마른 영혼은

남아 있는 별빛 그림자가
달 속에 서 있는 계수나무 그늘이
지친 마음을
따스한 손길로
쓰다듬어준다

다시 꿈꾸게 해준
그 온기가
남겨진 외로움을

손잡아 일으켜준
한 줌 빛이다.

이별 그리고

겨울나무처럼
시린 바람을 가르고
힘겨운 시간을 넘어
별이 되어버린
재치 가득했던
따뜻한 마음과
넘쳐나던 재능을
나누어주고 떠난 영보

나그네길에서
사랑했던 가족과 벗들의
손을 놓을 때
슬픔을 남기고 가는
가볍지 않았을 발걸음

아픔도 슬픔도 없는
영생의 꽃구름 속에
영원을 노래하고 있을까
그리운 엄마도 만나보았을까.

물고기

뻐끔대며
유영하는 물고기들이
토해내는 것은
호흡일까
언어일까

어항에 갇힌 어여쁜 자태도
푸른 바다 깊숙이
떠도는 숨결도
낡이지 말아야 할
각각의 모습이다
싱싱한 모습 잃지 말아야 하는
물속 호흡

오직 살아 있음에
허우적대는 삶

서러운 눈시울 끝에 매달린
하루하루!

무궁화

속 깊은 여인처럼
소박한 모습으로
7월의 아침을 열어준
그대

나라를 지키려는 정성으로
이 땅의 곳곳에
삶의 터를 꾸리고

하얗게
분홍으로
보랏빛으로
꽃잎을 열면서
어느새 친구처럼
다가와 앉은

피어나
지고 나도
또다시 피어나는

믿음직한 모습
"무궁화 무궁화 우리나라 꽃
삼천리강산에 우리나라 꽃"
선생님 풍금 소리에 맞추어 노래 부르던

윤기 흐르던 검은 머리칼들은
지금은 어디에서
무엇을 하고 있을까.

젊은 날로의 여행

추억으로 젖은 고운 잎들이
날개를 펴고
구름 사이로
여행을 떠난다

세상을 바꾸는
역사를 쓰려
최루탄 가스를 머금었던
젊은 날

올바름을 향하여
목숨을 바치고 싶었던
열정의 시간들

목마름으로 차오르던
첫사랑 소녀도
은빛 머리로 익어간 날들을
어디선가 살아가고 있겠지

날개를 접은 오늘
쌓여진 낙엽처럼
순해진 마음으로

어린 나무를 쓰담는
순한 마음이 되어
누군가에게
밥이 되어주고 싶고
따스한 손길이 되어주고 싶은.

이슬비

마음 안에
무지개를 띄우며
너를 안아주던
목소리

가느다란 설레임이
눈 떠오고

흔들리는 풀잎처럼
미세한 음성으로
적셔오는
비 내음

머물고 싶은 시간 속에서
이슬 같은
작은 입자로
날아와 앉은
한 마리 나비처럼
춤추어 다오.

초록 앞에

불길처럼 번지는
꽃불로
타오르는 날들을

차마 보내지 못하고
뒤척이며
서성이는 사이

연초록의 잎들이
꿈의 씨를 파종하듯
살며시 눈을 떠
속삭이며
꿈길을 열고 있다

초록 잎에 맺힌
이슬방울이
날개를 달고
끝없이 날아오를 것만 같아.

황혼녘

노을이 쉬다 간 언덕에
어둠이 내린다

밤을 건너뛴
아침을 향해 손을 내밀면
주름진 하루가
활짝 펴지며
새로운 날들이 고개를 들까

꽃들의 아우성으로
분주해진
꿀벌의 봄날도

연두색 꿈 자락이 익어가던
여름날의 환희도

갈색 바람 너머에서
피어나던 얼음꽃의 겨울날도

겹겹이 쌓여진
무거운 날들 속에서도
반짝 비추어오던
짧은 빛 사이로
하루가 저물고

설익은 젊은 날을 지나
나이가 들고.

겨울 문턱

짧은 해를 비질하는
쓸쓸한 오후

텃밭에선
푸르던 배춧잎이
겨울을 향해
길을 떠나고

입동이 코앞에서
달그락댄다

동지 팥죽 새알을 빚으며
한 살 나이를 보태
길고 긴
겨울잠을 청한다.

시간이 앉았던 자리

머리카락 올올이 감긴
은색 시간들을
보듬고

손가락 마디로 흘려버린
세월을
쓰다듬어
보는 시간

달콤했던 날들보다
씁쓸했던 날들의
높은 언덕

뒤돌아본
발자국마다
고여 있는
아쉬움의 그림자가
앉았던 자리.

세월 시계

세월 시계는 고장도 안 난다

푸르렀던 젊은 날도
심쿵했던 가슴속 울림도
가파른 언덕길의
숨찼던 날들도
체념이 빨랐던
고독한 날들도

바람처럼 날려 보내고

은빛 날개를 달고
날아온 듯
나를 끌고
12월의 끝자락까지
어김없이
와 버렸다.

봄이 왔나 봐

갓 태어난
여린 잎들은
연둣빛 환희를 향해
속살을 드러내고

물오른
사철나무 잎마다
흐르는 초록 윤기는
꿈길을 걸으며 환호하는데

감겨오는
봄 햇살을 마중하며

눈썹 위에 얹힌
기다림으로

기우는 하루해를
더
붙들고 싶다.

창가에 서면

빗소리에 이끌리어
창가에 서면
푸른 나뭇잎들이
잔디처럼 펼쳐져 있다

15층의 높이에서
사뿐 내려앉으면
나는 이미
한 마리 나비가 되어

어깨를 누르던
무거운 짐도
걱정도 근심도
구름 속에 묻히고

오직 살아 있음에
해맑은 감사가 흐르는
정결한 시간이다.

제4부

어머니의 뜰

어머니의 골무

분홍, 노랑
꽃봉오리 같던
어머니의 골무

수놓던 골무 끝에서
싹이 나고
꽃잎도 피어나고
노래 부르던
새들도 날아올랐다

그리고
내 꿈도 수놓고
내 한숨도 기워주시던
어머니의 골무.

바람 곁에서

목마름이 묻어나던
너의 옷깃에
머물던 쓸쓸함

노을처럼 피어오르던
알 수 없는 슬픔이
담겨오던

꿈결처럼 흐르는
하얀 찔레꽃 향기를
마시면 알 수 있을까

시들어버린
흰 꽃잎 사이로
불어오던
바람의 의미를.

어머니의 고무신

마루 밑 섬돌 위에
나란히 놓여 있던
어머니의 흰 고무신

힘겨운 삶에
무거워진 발을 담고
어디든 가야만 했던
작은 신발 한 켤레

꽃잎 열리고
연두색 돋아나던
봄날부터
함박눈 쏟아지던
겨울날까지
초라하게 야위어가던
흰 고무신은

어두움이 내리고
둥근달이

생채기 날 때까지
뛰듯이 달려도
가야 할 곳이 너무 많았다.

외로운 날에

외로움에 기대어 선
쓸쓸한 하루가
희미하게 기우는데

그리움을 마시다가
여위어간
목마른 영혼은

남아 있는
별빛이
달 속 계수나무 그늘이
따스한 손길로

다시 꿈꾸게 해준
그 온기가
남겨진 외로움을
녹여줄
한 줌 빛이 되어줄까?

소원

허락하신
내 삶의 마지막 날까지

시간의 빈 그릇 속에
기쁨과 행복을 가득 담고 싶다
흘러넘치도록
감사를 담고 싶다

가득 쌓인
감사의 뿌리들을
골고루 엮어
단단하게
어여쁘게

세상 어디에도 없을
영롱한 보석의 매듭을
빚어 보고 싶다.

외로움 너머에는

지쳐버린
외로움 너머에는
부서진 그리움이
빛바랜 햇살 되어
희미하게 앉아 있다

잠든 그리움
주워
들어 올리면

그늘진 마음 안에
따스한 빛
스며들까.

봄비 내리는 날

봄비 내리는 창가에서
잠든 그리움을
만나는 시간
닫혀 있던 그리움이
천천히 열리고

되돌릴 수 없는 시간들이
스러져버린 이슬처럼
아쉬운 조각으로
흩어져 맴도는데

쌉싸름한 슬픔 한 자락이
켜켜이 쌓인 추억으로
빗물 되어 흐른다.

내일

절망도 사치라는
부끄러운 좌절 앞에
어수룩한 꿈이라도
달라진 내일을 만나볼 수 있을까

고개 떨군 슬픔을
부숴버리고
옹골찬 몸부림으로
한 조각의 빵을 향해
달음질치면
잠자던 바람결도 깨어나
어깨를 두드려 줄까

어리둥절 끌어안은
삶의 무게는
땅 위에 던져진 물고기처럼
펄떡이며 힘겹지만
조그만 풀포기가
싹을 틔우듯

솟아날 길이 있지 않을까

사금파리처럼
깨어진 유리조각에
부딪치는
햇살을 모으면
어렵사리 열리는 꽃잎을
기다려도 되겠지.

고향집

흰빛 순결 머금은
박꽃은
초가지붕 너머로
달빛 되어 흐르고

울타리 너머
밤나무 풀숲에선
감추어진 보석
알밤이 숨바꼭질하고

싸리울 안
땅속 깊숙이 묻힌
김칫독들은
짚방석 머리에 이고
오손도손 익어가던
그 겨울

쨍하게 팽팽한
창호지 문 사이로

사그락사그락
눈 내리는 소리
앞뜰에 가득한데

그 따스한 풍경들은
지금
어디에 잠들어 있을까!

하루를 열면

초라해도 아늑한
나의 일상에
발아된 감사가
쑥쑥 자라는

하루를 열면
눈부신 햇살이
따스하게 달려오고

탐스러운
감사의 열매가
익어가는 시간

빛으로 엮은 바구니 속에서
한 겹 두 겹 쌓여가는
두터운 감사의 두께

오색 실타래로
마음 안에 수를 놓을까.

사랑이란

사랑에 갇혀본 사람은 안다
그 감옥 안이
얼마나 은근 뜨거운지
아프고도 달콤한지
알 수 없는 쓸쓸함으로
벅차오르는 환희의 슬픔이
넘실대는지

그 감옥 안에 살아본 사람은 안다
도망 나오고 싶어도
마음먹은 대로 안 된다는 것을

쏘아올린 사랑의 화살이
허공에서 맴돌 때에야 알게 된다

마음 안에 품고 있던
한 개의 별이
툭 하고 떨어질 때에야
비로소!

봄날 일기

토실토실 살이 오른 봄 햇살을
어둑한 마음속까지 비추고 싶어

물오른 나뭇가지에
돋은 잎들이
초록으로 물들고
맺힌 꽃망울이
팝콘처럼 터지는 날들

두 볼을 쓰다듬는
바람결이
한결 순해졌는데

마음 안 안개는 걷히지 않는
까닭을 여쭙고 싶어
환하고 예쁜 봄
안아보지도 못했는데
한 바구니 가득
봄이 여물고 있다.

능소화

사랑에 갇혀버린
뜨거운 영혼이
숨가쁘게
토해낸
노을빛 꽃잎

뿌리처럼 돋아난
가녀린 꽃술이
소리 없이 외치는
목메임

새벽빛에 걸려 있는
아득한
그리움 되어

넝쿨째
하늘까지
오를 수 있을까.

어느 할머니의 일기

세찬 빗줄기가 때리고 간
굽은 등엔
슬픔이 가득 앉아 있지만
깎여진 절망의 모서리에
소망을 심는다

빛처럼 자라는
어린 손녀의
맑은 눈망울이
시리도록 푸르게
마음을 감싸고

허리를 곧게 세우라고
손을 내밀어준다.

그 겨울 어느 날

처마 끝에 매달린
고드름 사이로
눈발이 날리고
하늘이 회색으로 내려앉으면

어둑한 아궁이에
군불을 지피던
어머니

문 밖은
눈보라 속으로
바람이 떨며 지나가지만

미지근하던 아랫목이
따끈한 온기로 덥혀지면
마음이 한없이 아늑해지던
눈시울 가득 차오르는
눈물겹도록
그리운 그 겨울 어느 날.

따뜻함을 향하여

꺼질 듯한 바람결에
불을 댕기면
부싯돌 부딪치듯
불꽃이 일까

엄마가 품어다 준
된장찌개 구수함으로
웃자란 외로움도
따스하게
덥혀질 수 있을까

금빛으로 부서지는
햇살 사이로
언뜻 언뜻 비쳐오는
무지개 숨소리가
가슴 가득
차분하게 스며드는 시간

서러움 가득한

쓸쓸한 마음 안에
빛이 흐르면
한 짐 가득 부려놓은
지게 위 나뭇단처럼
풍성해질 수 있을까.

바람신을 신고
—고 채수원 영전에

6월의 태양이
눈부신 햇살을 퍼붓고
푸른 숲이
나날이 짙어가던
6월의 어느 날
조용히 우리 곁을 떠나신

넝쿨장미 줄기 끝이 뻗어나
하늘길을 배웅해
바람신을 신고
하늘나라로…

나누고 베풀던
섬김의 향기
누구에게나
칭찬으로 키워주던 온기

사랑하는 모든 이들을
가볍게 털어낸
당신의 영혼

떠나시는 길에
한 송이 꽃도
바치지 못한
남은 자들의 슬픔 뒤에

마지막 특송의 메아리만
진한 여운으로
남았습니다.

작품 평설

기억공간을 주제로 한
연둣빛 이미지

기억공간을 주제로 한
연둣빛 이미지

김지원

시인, 전 한국크리스천문학가협회장

1.

프랑스의 철학자이자 시인인 가스통 바슐라르는 이성주의로만 나갔던 과학의 이원론을 배격했다.

모든 사고를 상대적으로 나눠 선과 악, 이성과 감성, 그리고 바름과 틀림으로만 구분하고 제3의 명제를 배제했던 것을 다시 배제하고 나선 것이다.

그리고 그는 오히려 비합리적이라 하여 변두리로 밀려난 꿈과 몽상 같은 세계가 인간의 삶에 의미를 부여하는 구원이라고 보았다.

따라서 그가 생각하는 문학의 상상력이나 몽상의 시학은 시의 필수적 요소라고 보고 시업詩業이란 꿈꾸고 싶어 하는 모든 인간들에게 꿈을 되돌려주는 작업이라고 보았다.

남춘길의 작품 속에는 연둣빛으로 예표되는 꿈의

이미지가 등장한다.

연둣빛이란 초봄에 만나는 희망의 빛깔로 회복이나, 위안이나, 젊음으로 대별되는 보편적인 의미인데 여기서는 또 다른 모습으로 형상화시키고 있다.

나무마다 눈꽃 핀
이른 아침
발밑에 눈송이도
노래로 화답하고

별빛처럼 흐르는
눈발 사이로
겨울이 익어간다

지쳐 있는 마음 깃을
오랫동안
쓰다듬어준
겨울 햇살이
품고 있을
연둣빛 바람은
어디쯤 오고 있을까.
　　　　　−「눈꽃 피는 아침에」전문

상기의 시편에서 발견할 수 있는 것은 마지막 연에

서 말하는 '겨울 햇살이 품고 있을 연둣빛 바람'이다. 그런데 이 부분을 시 「다시금」에서 보여준 잎새 하나 하나마다 적힌 기억공간과 연관시키고도 있다.

'연둣빛 잎마다/적힌 추억을/가만가만/읽어 내려 가는/소중한 시간'

그리고 그 추억은 다시

'달콤하고도 쓸쓸했던/깊은 우물 안/물기 어렸던 슬픔'을 만나게 된다. 그가 말한 '쓸쓸했던 깊은 우물 안 물기 어렸던 슬픔'은 무엇인가. 그것은 한 시절 이 각인된 유년시절의 한 부분으로 유추된다. 그리고 구체적으로 그것은 「어머니의 골무」「어머니의 고무신」에서 말한 대로 '내 꿈도 수놓고 내 한숨도 기워주시던' 손길이요 '초라하게 야위어가던 흰 고무신'으로 표출되기도 한다. 그리고 이 모든 것은 이제는 다시 돌이킬 수 없는 시간이요 어머니가 보내신 간난의 세월로 나타나기도 한다.

　　분홍, 노랑
　　꽃봉오리 같던
　　어머니의 골무

　　수놓던 골무 끝에서
　　싹이 나고
　　꽃잎도 피어나고

노래 부르던
새들도 날아올랐다

그리고
내 꿈도 수놓고
내 한숨도 기워주시던
어머니의 골무.

　　　　　−「어머니의 골무」 전문

마루 밑 섬돌 위에
나란히 놓여 있던
어머니의 흰 고무신

힘겨운 삶에
무거워진 발을 담고
어디든 가야만 했던
작은 신발 한 켤레

꽃잎 열리고
연두색 돋아나던
봄날부터
함박눈 쏟아지던
겨울날까지

초라하게 야위어가던
흰 고무신은

어두움이 내리고
둥근달이
생채기 날 때까지
뛰듯이 달려도
가야 할 곳이 너무 많았다.
　　　　－「어머니의 고무신」전문

　어머니의 골무가 유년의 꿈을 수놓고 한숨을 기워
주시던 따뜻한 손길이요 이제는 돌이킬 수 없는 그리
움이라면 어머니의 고무신은 희생의 발길이 되어 함
께 야위어가던 봉사의 흔적으로 남아 있다. 그리고
그는 어머니의 흔적이 남아 있는 하찮은 것들에 대해
서도 연민의 정을 느끼고 있는 것이다.

　-전략-
　어둑한 아궁이에/군불을 지피던/어머니//문 밖은/
눈보라 속으로/바람이 떨며 지나가지만//미지근하던
아랫목이/따끈한 온기로 덥혀지면/마음이 한없이 아
늑해지던/눈시울 가득 차오르는/눈물겹도록/그리운
그 겨울 어느 날.
　　－「그 겨울 어느 날」일부

또한 유년의 겨울을 주제로 한 시편들은 한결같이 여린 기억공간의 회상과 연결되어 그리움을 반추시키고 있다.

> 짧은 해를 비질하는
> 쓸쓸한 오후
>
> 텃밭에선
> 푸르던 배춧잎이
> 겨울을 향해
> 길을 떠나고
>
> 입동이 코앞에서
> 달그락댄다
> -하략-
>   -「겨울 문턱」전반부

아래의 작품 역시 겨울이 머물다 간 자리에서 그의 생애를 휘감겨오는 외로움이자 시적 에너지를 공급하고 있는 시간이며 시린 감성을 표출한 작품으로 자리매김을 하고 있다.

내게 와 머물던/외로움이/진하게 익어서//회오리 바람처럼 휘감겨 올 때/마음 안/한 구석을 비쳐주던/희미한 빛마저/스러져 갈 때//빛바랜 한 줌의 햇살조

차/너무 고마워/눈물이 난다//

  -「눈빛만으로」 전반부

  3.

    그의 시 전편에 흐르는 리듬은 대부분 연둣빛 희망의 봄을 기다리는 회복의 빛깔이 되기도 하고 푸른 달빛에 익사해 버린 꽃잎이 되기도 한다. 그가 마지막 되묻고 있는 구름에 가려진 태양은 무엇인가.

    푸른 달빛에
    익사해 버린
    한 송이 꽃잎처럼

    남겨진
    남루를 헹구어 낸다

    들릴 듯 들리지 않던
    새벽빛 소리가
    듣고 싶었던
    마르지 않는 샘물 소리가
    들릴 것 같아

    구름에 가려진 태양을

찾아낼 수 있을 때
맑고 깊은 소리로
외쳐보고 싶다

아즈위(AZWie)!* 라고!

*'희망'이란 뜻으로 종신형을 선고받고 절해고도 루벤섬에 수감 중
이던 넬슨 만델라가 큰딸이 낳은 아기에게 지어준 이름.

−「기다림」 전문

그의 시 「오월」에서는 자신이 가볍게 나는 이슬이
되기도 하고 나이도 잊은 채 비상을 꿈꾸는 한 마리
새가 되기도 한다. 그러나 반대로 「황혼녘」에서는 연
두색 꿈 자락이 익어가던 여름날의 환희도 짧은 빛
사이로 저무는 하루해처럼 설익은 젊은 날이 지고 있
음을 고백하고 있기도 한다.

눈부신 햇살은/머리 위에서 춤추고//바람 속으
로 걸어가/비단신을 신은 듯/가볍게 날아 이슬이 된
다//초록 잎에 앉은/윤기 흐르는 입술로/살아 있는
기쁨을/힘차게 노래하고//반짝반짝 빛나는/찬란한
숨결로/연두색 잎들이/초록으로 익어가는/길 위에
서서//나이도 잊은 채/한 마리 새가 되어.

−「오월」 전문

여기에 대비되는 시 〈황혼녘〉을 보자

노을이 쉬다 간 언덕에/어둠이 내린다// -중략- 연
두색 꿈 자락이 익어가던/여름날의 환희도// -중략-
짧은 빛 사이로/하루가 저물고//설익은 젊은 날을 지
나/나이가 들고.
　－「황혼녘」일부

　남춘길은 회복의 시간표를 짜고 있다. 그것은 알
수 없는 난해한 방정식을 풀기 위한 각고의 시간이
될 수 있고 손가락 마디 사이로 흘러버린 아쉬움일
수도 있다. 따라서 그는 지금 버려진 시간들을 모아
언제든지 필요할 때 꺼내 쓰는 시간 은행을 구상하고
있는데 독자들은 여기에서 그의 에스프리를 느낄 수
있을 것이다. 그리고 더불어 기억공간을 주제로 한
연둣빛 희망 노래는 언제까지 계속될 것인가도 함께
생각할 것이다. 보다 구체적인 시간 계획에 대한 가
작 한 편을 소개함으로 해설을 마친다.

　　버려진 시간들을
　　주워서
　　차곡차곡 모아
　　아껴둔
　　내 시간을 보태
　　저금을 한다

잔고가 늘어날 때마다
흐뭇한 마음

게으름뱅이에겐
빌려주지 않지만
부지런한 사람에게만
이자 없이 빌려주는
곳간

필요할 때
언제나
꺼내 쓸 수 있는
시간 은행.
　　　　　−「시간 은행」 전문

노을빛으로 기우는 그림자

초판 1쇄 발행   2022년 12월 1일

지은이 | 남춘길
만든이 | 이한나
펴낸이 | 이영규
펴낸곳 | 도서출판 그린아이

등록 연월일 | 2003. 12. 02.
등록 번호 | 제2-3893호
주소 | 서울특별시 은평구 녹번로 6-11, 201호
전화 | 02)355-3035
이메일 | gmh2269@hanmail.net

ISBN 979-11-91376-12-8(03810)